CONSIDÉRATIONS NOUVELLES

SUR

LA PLURALITÉ

DES MONDES

Par JEAN D'ESTIENNE

EXTRAIT DU CONTEMPORAIN DU 1er MARS 1876.

PARIS

GAUTHIER-VILLARS

IMPRIMEUR DU BUREAU DES LONGITUDES

QUAI DES GRANDS-AUGUSTINS, 55.

—

1876

CONSIDÉRATIONS NOUVELLES

LA PLURALITÉ POSSIBLE DES MONDES

EXPOSÉ

Si les diverses planètes qu'éclaire notre Soleil sont des sphères en quelque sorte terrestres, analogues en tout cas au globe que nous habitons; si les innombrables étoiles dites *fixes* qui peuplent l'étendue des cieux sont des soleils comme le nôtre, chacun centre comme lui de tout un cortége de planètes; n'est-il pas plausible et rationnel de penser que notre Terre, infime grain de sable perdu dans l'infinité de l'Univers, n'est pas le seul globe qui porte des créatures organisées et vivantes, le seul qui donne asile à des êtres doués de raison ?

Dès que la diffusion des lumières eut répandu, au moins dans les classes lettrées, le système astronomique des Copernic et des Galilée, l'idée de la pluralité des mondes se présenta aux esprits. Fontenelle fut le premier qui l'érigea en système, et depuis lors elle a toujours été chère aux esprits inventifs, aux imaginations ardentes, aux natures spéculatives. Sans remonter au delà de quelques années, un auteur qui n'est pas sans quelque notoriété, grand vulgarisateur de connaissances astronomiques, mais poëte plus encore qu'astronome et certainement beaucoup plus astronome que philosophe, aussi peu philosophe, à vrai dire, que peu chrétien, M. Camille Flammarion, soit dit sans lui faire injure, a soutenu, dans de nombreux écrits, la pluralité des mondes habités. Non-seulement il a cherché à grouper habilement toutes les probabilités qui militeraient en faveur de sa thèse, c'était son droit; il a voulu de plus que cet ensemble de probabilités fût admis comme une certitude, prétention fort peu scientifique en tout cas. Puisant ensuite dans cette soi-disant certitude des arguments à coup sûr inattendus contre la doctrine chrétienne, il ne prétend à rien moins qu'à faire de son système cosmique « la base de nos croyances religieuses (1) ! » Pour lui, la pluralité, — et une pluralité voisine de l'universalité, — des mondes habités par des créatures raisonnables devient un dogme, une sorte d'axiome qui ne se discute plus. Il n'est pas jusqu'à notre humble Lune, quelque dénuée d'atmosphère qu'elle nous paraisse, à laquelle il ne veuille attribuer des habitants, tout au moins sur celui de ses hémisphères qui se dérobe à nos regards.

A la même époque, en 1865, un auteur moins connu publiait dans les *Archives théologiques*, petite revue mensuelle alors éditée à Besançon, une série d'études conçues dans un esprit absolument différent. Catholique irréprochable et en même temps très-versé dans l'étude des textes de l'Écriture sainte, M. de Montignez prétend, non pas appuyer la doctrine chrétienne sur la pluralité des mondes, ce qui constituerait une apologétique aussi peu sérieuse que les attaques de M. Flammarion, mais étayer, sur certains passages du texte sacré, sa croyance à l'habitation des astres par des créatures raisonnables, connaissant Dieu, le servant et l'adorant.

Sans apprécier jusqu'à quel point les textes de l'Écriture sainte peuvent se prêter à de telles interprétations qui, dans tous les cas, ne seront jamais du domaine de la foi, on doit reconnaître cependant que le procédé de M. de Montignez est au moins logique en soi et point irrationnel. Il ne s'appuie pas sur une hypothèse pour attaquer une doctrine établie sur des faits; il part au contraire de certains détails de textes authentiques pour en faire découler, par une interprétation que l'on peut contester mais qui n'a rien d'illégitime, des preuves à l'appui de la thèse qui lui est chère.

Quoi qu'il en soit, la science a marché depuis l'année 1865. Sans doute elle n'a pas posé, comme objectif de ses recherches, le problème qui sera toujours scientifiquement insoluble de la plu-

(1) *La Pluralité des mondes habités*, par Camille Flammarion, p. 322. Paris, Didier. 1855.

ralité des mondes. Mais elle possède aujourd'hui assez de données pour pouvoir affirmer que certains astres sont inhabités parce qu'ils sont inhabitables, et pour édifier des conjectures scientifiques sur la possibilité ou l'impossibilité pour certains autres d'être habitables.

Examinons l'opinion qui semble prévaloir aujourd'hui sur ce point dans le monde savant. Nous la discuterons ensuite et exposerons, pour terminer, la théorie qui semblera se dégager de cette discussion comme paraissant la plus plausible et la plus rationnelle.

PREMIÈRE PARTIE

Objections.

I

Dans une étude sur la cosmogonie générale, telle du moins que la science la considère de nos jours (1), il a été expliqué comment, par l'analyse spectrale, on a pu constater, dans le Soleil (2) et dans tous les astres, la présence des mêmes substances, des mêmes corps simples, sauf de très-rares exceptions, que ceux qui existent sur la Terre, les mêmes combinaisons de ces corps entre eux et dans les mêmes conditions. Les remarquables travaux de M. Stanislas Meunier sur les météorites (3) ont prouvé par une démonstration expérimentale et directe que les fragments de corps célestes que nous pouvons atteindre et soumettre à l'analyse chimique ne révèlent la présence d'aucun principe matériel différent de ceux qui existent sur la Terre. Les forces physiques et dynamiques également obéissent aux mêmes lois autour de nous que dans les plus inscrutables profondeurs de l'espace. La vie qui puise, dans ces éléments et dans ces forces, ses conditions essentielles, doit donc exiger, pour se produire ailleurs que sur notre globe, que ces forces et ces éléments soient arrivés à un degré de développe-

---

(1) *Comment naissent et finissent les mondes*, dans le CONTEMPORAIN d'août 1875, et brochure in-8 de 30 p. en vente à la librairie Gauthier-Villars.

(2) Voir *Le Soleil*, par le P. A. Secchi, S. J., 2e édition, revue et augmentée, 1re partie, 1875. Paris, Gauthier-Villars.

(3) *Géologie comparée*, par Stanislas Meunier. Paris, Firmin Didot.

ment et de combinaisons identiques à ce qui se passe chez nous.

Il faut à notre vie, comme à celle des plantes et des animaux qui l'alimentent, une satisfaisante proportion d'océans fixes et de terres fermes, celles-ci d'un relief inégal et arrosées par des sources, des ruisseaux et des rivières. Il faut une atmosphère suffisamment épurée et diaphane, composée de 21 parties d'oxygène et de 79 parties d'azote avec quelques parcelles d'acide carbonique. Il faut une température dont les écarts extrêmes soient renfermés dans d'étroites limites. Il faut enfin une lumière abondante et normale, une lumière dont la couleur soit blanche ou voisine du blanc; c'est là une condition indispensable de la vie organique, végétale ou animale.

Telles sont du moins les considérations sur lesquelles le Bureau des longitudes, par l'organe d'un illustre astronome, base son opinion dans la question (1).

Cela posé, cherchons, en commençant par les astres les plus rapprochés de nous, c'est-à-dire par ceux dont se compose notre système solaire, s'il en est qui réalisent ou peuvent réaliser ces conditions indispensables à la vie.

A peine est-il besoin de faire ici mention du Soleil. Cette immense sphère de feu et d'un feu de l'intensité duquel rien ici-bas ne saurait nous donner une idée; dont la photosphère gazeuse qui nous éclaire et nous chauffe est elle-même dans un état de refroidissement relatif, si on la compare au noyau intérieur, à la pyrosphère, obscure parce que l'incroyable élévation de sa température dépasse le plus haut degré où les corps incandescents puissent donner de la lumière; cette immense sphère gazeuse et ignée ne saurait contenir aucun organisme vivant.

Si du Soleil nous passons aux planètes qui gravitent autour de lui, en commençant par les plus jeunes, nous sommes amenés à considérer d'abord Neptune et Uranus. Nous savons que l'âge relatif des astres se détermine, non par leur durée, mais par le degré de leur évolution normale auquel ils sont parvenus. Or, aux yeux de plusieurs savants autorisés, nommément de M. Stanislas Meunier qu'il faut toujours citer quand on traite de ces matières, Neptune et Uranus en sont encore à la première période de leur existence, à l'état gazeux, comme le Soleil lui-même, et posséderaient comme lui une lumière propre, indépendamment de la

(1) M. Faye, *Annuaire du Bureau des longitudes*, 1871. Paris, Gauthier-Villars.

lumière solaire qu'ils nous renvoient par réflexion. D'autre part, l'extrème inclinaison de l'axe de rotation d'Uranus presque couché sur le plan de son orbite (1) lui donne des jours et des nuits longs chacun de la moitié de sa révolution annuelle : celle-ci étant quatre-vingt-quatre de nos années, chaque hémisphère d'Uranus voit le Soleil pendant quarante-deux ans, pour entrer ensuite dans une nuit de longueur égale. Enfin, l'atmosphère d'Uranus, comme celles de Saturne et de Jupiter, paraît avoir une composition assez éloignée de la nôtre. « Leurs spectres, différents à certains égards du spectre tellurique, semblent en effet indiquer la présence de gaz ou de vapeurs composés exerçant une absorption de nature inconnue pour nous (2). »

Pour toutes ces raisons, dont la première, celle de l'état gazeux, est déjà plus que suffisante, les deux planètes extrêmes de notre système, Neptune et Uranus, sont actuellement impuissantes à réunir les conditions indispensables à la vie organique.

Elles ne sont donc pas habitées.

Un peu moins jeunes qu'Uranus et Neptune, quoique formés postérieurement, sont Saturne et Jupiter. Ces deux astres qui, pour M. Stanislas Meunier, sont à l'état de liquide incandescent, offrent une densité moyenne, le premier inférieure et le second bien peu supérieure à celle de l'eau (3). Ils ne sauraient donc offrir, en tout cas, un sol suffisamment résistant pour que des corps organisés puissent vivre ou se mouvoir sur eux. Jupiter, considéré par M. Tacchini astronome italien, comme une étoile variable (4), serait actuellement dans les conditions où se trouvait la Terre lorsque les premiers granits embrasés tendaient à se former et à se coaguler sur son océan de feu. Enfin, les anneaux opaques qui entourent Saturne portent sans cesse une ombre fatale sur celles des régions de sa surface, qui seraient, en supposant cette planète solide et suffisamment refroidie, les plus favorables au développement de la vie (5).

(1) Cette inclinaison serait de 65° d'après M. Flammarion. D'après M. Charles Richard, auteur d'un opuscule ingénieux mais à tendances panthéistiques, sur l'*Origine et la Fin des mondes* (Paris, Pagnerre, 1865), l'équateur d'Uranus ferait avec le plan de l'équateur solaire un angle de 88° : l'axe de rotation serait donc incliné d'autant sur le plan de l'écliptique et, par conséquent, se confondrait presque avec lui.

2) M. Faye, *loc. cit*

(3) *Ibid.*

(4) *Comptes-rendus de l'Académie des sciences*, séance du 17 février 1863, cités par M. Rambosson dans son *Histoire des Astres*. Paris, Firmin Didot, 1871.

(5) M. Faye, *loc. cit.*

Donc point d'habitants possibles encore sur Saturne et sur Jupiter, dont l'atmosphère d'ailleurs, nous l'avons dit plus haut, diffère, par sa composition, sensiblement de la nôtre.

Parlerons-nous de Mercure et de Vénus?

Derniers formés de notre monde solaire, ils sont néanmoins d'un âge plus avancé que les astres dont nous venons de parler. Leur volume, incomparablement plus faible, leur a permis de parcourir, en un temps infiniment plus restreint, les diverses phases de la vie normale des astres. Vénus, d'un volume de très-peu inférieur, presque égal, à vrai dire, à celui de la Terre (les 95/100)(1), mais formée longtemps après elle, est nécessairement plus jeune. Quant à Mercure, le dernier-né de la phalange planétaire, mais d'un volume qui n'est guère que le seizième de celui de Vénus (2), il est sans doute plus vieux qu'elle. Est-il pour cela plus âgé que la Terre? On ne saurait l'affirmer, vu la durée prodigieuse qui a dû s'écouler entre la formation de la nébuleuse terrestre et le détachement du dernier anneau solaire d'où devait naître le sphéroïde dédié au messager des dieux.

Quoi qu'il en soit, Mercure, par sa proximité du Soleil, reçoit moyennement près de sept fois(3) plus de lumière et de chaleur que n'en reçoit la Terre. Puis donc que cette planète est solide, il faut que les matériaux qui la composent soient d'une nature beaucoup plus dense que ceux que nous connaissons à la surface de la nôtre; sans quoi l'accumulation de la chaleur solaire, tombant à chaque instant avec une intensité sept fois plus forte que sur la Terre, les aurait ramenés bientôt à l'état de fusion ignée. A moins cependant que l'atmosphère de l'astre, par son épaisseur et ses conditions particulières, ne neutralise, dans une proportion suffisante, cet excès d'irradiation solaire.

D'autre part, l'orbite relativement très-allongée de Mercure établit de grands écarts entre ses températures extrêmes : lorsque la planète arrive à l'extrémité la plus éloignée du Soleil, du grand axe de son orbite, à son *aphélie* en un mot, sa distance au globe solaire est de près de dix-huit millions de lieues (17,700,000);

---

(1) C. Flammarion, *Pluralité des mondes habités*. Tableau général placé à la fin du volume. Paris, librairie académique Didier.

« Herschel, Arago, Beer et Mœdler ont calculé que le diamètre du globe de Vénus mesure 3140 lieues ; c'est, à 15 millièmes près, celui de la Terre. » Amédée Guillemin, *Le Ciel*. Paris, Hachette.

(2) Améd. Guillemin, *loc. cit.*
(3) Exactement 6.67. Am. Guillemin, *loc. cit.*

arrivé à l'autre extrémité du grand axe, à son *périhélie*, l'astre
n'est plus distant que de moins de douze millions de lieues
(11,670,000) de son centre générateur (1). La différence entre les
deux distances extrêmes est donc de plus de six millions de lieues.
De là une différence considérable entre les quantités de lumière
et de chaleur reçues par la planète : à l'aphélie, cette quantité
n'est que quatre fois et demie plus forte que sur la terre, mais au
périhélie elle est plus de dix fois plus forte (2). Il n'y aurait pas
chez nous de roche si dure qui pût résister, à la longue, à une
température pareille.

Mercure tourne sur son axe en un même temps que la Terre
sur le sien : les jours et les nuits y ont une durée *moyenne* de
douze heures (3). Mais l'inclinaison de l'axe de la planète sur son
orbite, d'où résulte l'inégalité, aux différentes saisons, des jours
et des nuits, est bien différente sur les deux astres : de 23°34 sur la
Terre, elle est de 70° sur Mercure (4), dont les régions tropicales
ont seules le privilége de voir la nuit succéder régulièrement au
jour pendant toute l'année : partout ailleurs la durée des jours
comme celle des nuits se confond à peu de chose près avec celle
des saisons. Celles-ci ne sont pas moins extrêmes dans leurs températures : les écarts qui en résultent, d'autant plus brusques
que l'année de Mercure n'est que de trois de nos mois à peine
(89 j.)(5), se combinent avec ceux que produit la grande excentri-
cité de l'orbite et ajoutent encore, à toutes les impossibilités qui
précèdent , une impossibilité de plus à l'admissibilité , sur la
surface de cet astre, de l'existence de corps quelconques organisés et vivants.

Revenons à Vénus.

Les conditions de cette planète se rapprochent beaucoup plus
que Mercure de celles de la Terre. La quantité de lumière et de
chaleur qu'elle reçoit est seulement le double de celle reçue par
nous, et cela sans autres écarts que ceux des saisons, car l'excen-
tricité de son orbite est presque nulle (6), ce qui veut dire que
l'ellipse ou ovale qu'elle parcourt se confond sensiblement avec

(1) Am. Guillemin, *loc. cit.*
(2) *Ibid.*
(3) J. Rambosson, *Histoire des Astres.* Paris, Firmin Didot.
(4) C. Flammarion, *loc. cit.*
(5) 88 jours et 23 heures. J. Rambosson, *loc. cit.*
(6) Amédée Guillemin, *loc. cit.*

un cercle. L'atmosphère de notre voisine, — Vénus est la plus
rapprochée de nous de toutes les planètes proprement dites, —
est semblable en étendue, en pouvoir réfractif, et sans doute
aussi en composition, à notre atmosphère à nous (1). Enfin les jours
de Vénus, de vingt-trois heures et demie (2), sont presque égaux
à ceux de la Terre.

Là s'arrètent les similitudes.

L'inclinaison de Vénus sur son orbite est encore plus grande
que celle de Mercure : elle est de 75°05 (3). Il s'en faut donc
seulement de quinze degrés qu'elle ne se confonde avec le plan de
cette orbite elle-même. Par suite, les positions apparentes du
Soleil au-dessus de l'horizon se manifestent précisément à l'inverse de ce qui a lieu pour nous. C'est à l'équateur que, sur
Vénus, le Soleil ne fait que raser l'horizon et s'élève à peine au-
dessus de lui. C'est au contraire sur le pôle qu'il éclaire, qu'il
darde du zénith ses flèches de feu avec une violence double de
celle des feux de nos tropiques. L'année de Vénus est seulement
de deux cent trente jours. C'est donc pendant cent quinze jours
que chaque pôle est ainsi illuminé et torréfié. Si l'on excepte une
zone équatoriale dont la largeur, de part et d'autre de la ligne
des équinoxes, n'est que de trente degrés environ (29°50) et qui
seule voit les jours alterner régulièrement et à peu près également avec les nuits, chaque hémisphère passe successivement
des ardeurs doublement torrides de cette journée estivale de près
de quatre mois, à une nuit hibernale d'une non moindre durée.

Sont-ce là des conditions bien propres à la vie?

Après avoir passé en revue les planètes d'âge inférieur ou
probablement égal à l'âge de la Terre, il nous reste à examiner
celles qui sont notoirement plus âgées. Ce sont, par ordre de distances, la Lune, notre satellite plutôt que planète proprement
dite, Mars, et enfin les Télescopiques, dont les orbites forment un
anneau intermédiaire entre l'orbite de Mars et celle de Jupiter.

La Lune, nous l'avons expliqué dans une précédente étude (4), est
un astre mort. Nulle atmosphère, nulles vapeurs ne l'entourent ;
aucun fleuve, aucun ruisseau ne descend de ses montagnes; pas

(1) J. Rambosson, *loc. cit.*
(2) *Ibid.*
(3) C. Flammarion, *loc. cit.*
(4) Voir le CONTEMPORAIN du 1er août 1875 ou la brochure susdite.

une mer ne baigne le fond de ses bassins. Richement éclairés et comme calcinés sur la face qu'ils présentent au Soleil, les objets y sont au même moment plongés dans d'opaques et glaciales ténèbres sur la face opposée. De toutes parts ce globe inerte se ride, se crevasse et se fendille : c'est l'œuvre lente mais continue de la mort qui s'accomplit; le cadavre est entré dans les commencements de la période de décomposition.

Aucune vie, si primitive, si élémentaire qu'on la suppose, fût-elle réduite au dernier infusoire ou à la plus humble moisissure, n'est compatible, sur un astre, avec de telles conditions.

A plus forte raison faut-il en dire autant des cent trente ou cent quarante planètes télescopiques, débris informes d'un astre qui n'est plus et dont la décomposition est une œuvre accomplie, fragments d'ailleurs d'une masse si minime que sur les plus forts d'entre eux « une pierre lancée par la main d'un enfant pourrait devenir aussitôt un corps étranger, un satellite circulant indéfiniment autour de sa planète (1). »

Mieux que toutes les autres, sans contredit, la planète Mars se rapproche de l'état de choses qui peut permettre à un astre d'être le séjour d'organismes vivants. Son volume, qui est plus que double de celui de Mercure, n'est guère, il est vrai, que le cinquième tout au plus de celui de la Terre, et sa surface moins du tiers. Mais nous savons que cette surface se décompose en mers et en continents, ceux-là très-étendus, celles-ci étroites et resserrées en forme de *goulots de bouteille* : nous n'ignorons pas non plus que, comme sur la Terre, les pôles de Mars sont chargés de glaces et de neiges dont l'étendue diminue et augmente alternativement pour chaque pôle, suivant qu'il traverse sa période estivale ou hibernale. Incliné de moins de 29 degrés sur son axe de rotation, il est, pour la durée de ses jours et la variabilité de ses saisons, dans des conditions fort rapprochées de celles de la Terre, dont l'inclinaison est de près de 24°. Ses jours sont de 24 heures et demie, durée voisine de celle des nôtres; il est vrai que ses années sont presque doubles, sa révolution circumsolaire s'accomplissant en six cent quatre-vingt-sept jours (2). Enfin Mars a une atmosphère, et une atmosphère mêlée de vapeurs, puisqu'elle charrie des nuages.

(1) M. Faye, *loc. cit.*
(2) J. Rambosson, *Histoire des Astres*: Paris, F. Didot.

Cette planète semble donc pouvoir réunir les conditions nécessaires à la vie ; son habitation serait donc possible. C'est la seule
de tout notre système à laquelle l'opinion qui prévaut aujourd'hui
dans le monde de la science concède ce privilége. Encore n'est-
ce pas sans hésitation. « L'aspect invariable de ses continents
rouges, dit M. Faye, contrastant avec ses mers verdâtres, n'est
guère favorable à l'idée d'une vie organique longuement développée à sa surface. »

On pourrait ajouter que Mars ne recevant que les $4/9^{mes}$ de la
lumière et de la chaleur que nous recevons du Soleil, n'a, comparativement à notre globe, que quatre chances sur neuf d'être
habité comme lui.

II

Voilà donc parcouru tout notre système planétaire. De cet examen rapide nous avons conclu à la certitude absolue de non-habitation pour les jeunes planètes, Neptune, Uranus, Saturne et
Jupiter, et pour les planètes mortes, savoir les Télescopiques et
notre Lune. Pour les planètes de l'âge de la Terre, Vénus et Mercure, il y aurait les plus fortes présomptions pour qu'elles ne
pussent être habitées, présomptions représentant une quasi-
certitude ; leur rapprochement du Soleil, l'extrême inclinaison
de leurs axes sur le plan de leurs orbites, sans parler de montagnes d'une altitude telle que nos monts Himalaya ne seraient
que des taupinières auprès d'elles, ne permettraient guère
de doutes à cet égard. Nous avons passé les comètes sous silence.
Personne en effet ne saurait imaginer que ces lambeaux de
matière cosmique, ces déchets de nébuleuses en formation,
divaguant à travers les plaines intersidérales, puissent porter,
dans leurs traînées de vapeurs éthérées mille fois plus subtiles
que l'air le plus raréfié, des organismes vivants.

Seule, la planète Mars offrirait une faible chance de réunir les
conditions nécessaires pour qu'un astre soit habitable.

Seulement notre système planétaire est loin d'être unique dans
l'univers.

Considéré dans l'ensemble de la création, notre Soleil, avec sa
sphère d'attraction tout entière, n'est qu'un point dans l'espace.
C'est un grain de poussière lumineuse, perdu dans l'immensité

des océans célestes, comme une molécule de sable au sein du Sahara, comme une gouttelette d'eau dans les profondeurs du Pacifique.

Toutes ces brillantes étoiles qui scintillent au ciel par une belle nuit; les innombrables soleils que le télescope découvre dans les profondeurs sidérales; ceux, plus lointains encore, qui composent, par delà d'insondables abîmes, des amas d'étoiles, nouveaux univers aussi innombrables entre eux, sans doute, que leurs étoiles mêmes entre elles; tous ces soleils qui figurent comme unités dans ces légions des légions sidérales, ont leurs planètes aussi. Moins nombreuses peut-être autour de celui-ci, plus multipliées dans la sphère d'attraction de celui-là, elles comme forment les cortéges de cette armée de rois.

Qu'importe que dans chacune de ces royales phalanges un seul astre réunisse, comme notre humble Terre, l'ensemble complexe et délicat des conditions nécessaires à la vie !

Quand chaque soleil n'éclairerait et n'échaufferait qu'un seul satellite peuplé d'êtres vivants et doués de raison, comme le nombre des soleils est sans limites, ne sera-t-il point, par suite, sans limites aussi le nombre des sphères où Dieu sera connu, aimé et adoré? Et cela ne répond-il pas à la sagesse, à l'amour infini, à la munificence du Créateur?

Prenons garde !

L'enseignement de la foi est muet en cet ordre de spéculations, et la science a plus d'une objection sérieuse à opposer à ces théories.

Pour qu'un soleil, une étoile, soit apte à entretenir autour de soi la vie, il faut que cet astre en ignition règle, dans sa sphère d'attraction, les mouvements d'astres refroidis et solidifiés, assez rapprochés de lui pour en recevoir une suffisante dose de lumière et de chaleur constantes, assez éloignés pour n'être pas irradiés, torréfiés par l'excès même de cette lumière et de cette chaleur. Il faut que cette lumière réunisse dans une répartition exacte ses sept éléments générateurs : *rouge, orangé, jaune, vert, bleu indigo, violet,* de manière à produire une clarté blanche ou tirant sur le blanc. De récentes expériences ont prouvé que la prédominance de l'une des sept couleurs sur les autres, du bleu,

du violet ou du rouge, par exemple, rend impropre la lumière
ainsi colorée à entretenir la végétation, et, par voie de consé-
quence, la vie en général. Il faut encore que les orbites des
satellites autour de leur astre central décrivent, non un ovale
très-allongé comme les comètes qui passent ainsi par toutes les
variations possibles de température, mais une ellipse à excentri-
cité peu sensible, voisine par conséquent du cercle. Ces conditions ne peuvent se réaliser qu'autant que le mouvement origi-
naire de la nébuleuse — ou, plus exactement, de la fraction de
nébuleuse — génératrice du système planétaire envisagé, aurait
été compris dans certaines limites. Si cette fraction de nébuleuse,
cette masse de matière d'une ténuité extrème a reçu une impulsion de rotation trop faible ou trop lente, elle conserve indéfiniment sa forme sphérique, ne sépare point, ne classe point les
éléments dont elle se compose virtuellement ; elle ne formera pas
de planètes et ne deviendra pas soleil ; elle restera à jamais
simple amas de matière cosmique, ce dont les profondeurs des
cieux nous révèlent quelques exemples. Au contraire, l'impulsion
initiale a-t-elle été trop forte? a-t-elle produit un mouvement de
rotation trop rapide? la sphère primitive s'aplatit alors au
point de ne plus laisser une prépondérance suffisante au noyau
central : l'ensemble de la masse se brise en deux, trois ou quatre
fractions peu différentes entre elles, et, au lieu d'un soleil générateur et souverain d'un cortége de petits satellites, « il se forme,
dit M. Faye, un système de soleils doubles, triples ou quadruples. »

Bien nombreuses déjà, on le voit par ce rapide aperçu, sont
les étoiles qu'il faut exclure du nombre des soleils vivifiants,
c'est-à-dire pouvant entretenir, dans un certain rayon, la vie
autour d'eux.

Ce sont d'abord ces soleils multiples dont on vient de parler,
qui sont eux-mêmes les satellites les uns les autres et ne sauraient être entourés de planètes.

Ce sont, à plus forte raison, les nébuleuses non condensées,
masses de matière cosmique étrangement subtiles et dont
quelques infimes rognures semblent s'être échappées pour venir
nous visiter sous le nom de *comètes*.

Ce sont aussi les étoiles colorées : rouges, bleues, vertes, roses,
vermillon, rouge-brique, « dont la lumière manque de certaines

radiations nécessaires au développement des êtres organisés (1). »

Il faut exclure également les étoiles qui composent les nébuleuses réductibles, les *amas stellaires* où des centaines et même des milliers d'étoiles sont réunies dans des espaces tellement resserrés que le grand Humboldt se demandait « comment les soleils qui fourmillent à l'intérieur de ces mondes peuvent accomplir leurs révolutions librement et sans chocs (2). » Y aurait-il place pour des planètes entre des soleils si voisins? et d'ailleurs leur rayonnement mutuel doit déterminer, en de telles régions, un degré de chaleur laissant bien bas au-dessous de lui la plus haute température compatible avec la vie organique.

Il faut exclure encore les étoiles déjà vieilles, celles où la température est déjà assez abaissée pour que les éléments qu'elles contiennent cessent de rester *dissociés* en présence les uns des autres, et commencent à produire des combinaisons chimiques, révélées par la disposition cannelée des raies de leur spectre. « Car, dit M. Faye, il est évident (?) qu'un soleil ne saurait entretenir la vie qu'à la condition de n'en posséder lui-même aucune trace. » (?)

Avec plus de raison encore devons-nous éliminer les étoiles *variables* dont la lumière et la chaleur subissent des variations périodiques, de véritables oscillations qui leur enlèvent toute fixité et toute constance, et les étoiles temporaires ou intermittentes qui disparaissent et reparaissent alternativement ou, plus exactement, s'éteignent et se rallument, pour s'éteindre, se rallumer et s'éteindre à nouveau. Les unes et les autres sont des soleils mourants qui ont, en tant que soleils, terminé leur rôle dans la création, des étoiles réfroidies, hors d'état désormais de répandre autour d'elles la chaleur et la lumière qui les quittent.

Pour un motif inverse mais analogue, nous devons mettre hors de cause les étoiles trop jeunes, celles qui sont encore trop peu condensées pour offrir un développement de lumière suffisant, comme était notre Soleil quand, de sa masse faiblement lumineuse, se détachaient encore des anneaux successifs.

Ainsi, jeunes étoiles et vieilles étoiles, étoiles multiples et étoiles colorées, nébuleuses irréductibles et amas stellaires,

---

(1) M. Faye, *loc. cit.*.
(2) *Cosmos*, traduit par M. Faye, t. III, p. 153. Paris, Gide et Baudry, 1851.

tels sont les corps sidéraux qu'il faudrait exclure du nombre de ceux autour desquels la vie serait possible. Les seuls soleils de même constitution et de même âge que le nôtre peuvent se prêter à une telle hypothèse, et nous avons dit plus haut quelles difficultés toujours, quelles impossibilités le plus souvent, on rencontre à vouloir supposer d'une manière rationnelle et plausible, autour de notre soleil, la vie organique ailleurs que sur le globe par nous habité.

On voit combien tend à se restreindre aujourd'hui, dans l'opinion de nos savants, le champ hypothétique de la pluralité des mondes habités, ce champ si cher aux imaginations vives et aux esprits inventifs.

Essayons maintenant d'introduire quelque discussion dans la série des objections dont nous venons de tracer le tableau.

DEUXIÈME PARTIE

Discussion des objections.

III

Considérée à un point de vue exclusivement physiologique, l'idée de *vie* correspond pour nous à celle d'un organisme qui naît, fonctionne, se développe, se reproduit et meurt.

Même dans ces termes et ces limites, la vie peut se manifester sous les formes les plus variées et les plus extrêmes, depuis le serpule et le microzoaire que l'œil, armé du microscope, découvre par milliers dans une goutte d'eau ou de vinaigre, jusqu'au plus perfectionné et au plus volumineux des mammifères; depuis l'imperceptible parasite de la mousse ou du lichen jusqu'au chêne du nord ou au palmier des tropiques; depuis le végétal et la brute jusqu'à l'organisme savant, compliqué et parfait qu'éclaire le flambeau de la raison.

De ce sommet souverain au plus bas degré de l'échelle des êtres, de l'organisme humain au simple utricule, la gradation est immense. S'il est vrai que les conditions d'existence de l'être qui est comme le couronnement de la nature vivante sur cette Terre

conviennent à toute la succession de ceux qui lui sont infé-
rieurs (1), on ne saurait renverser la proposition : la vie peut se
réaliser, dans un certain milieu, pour des organismes élémen-
taires, et ce milieu être impuissant à entretenir la vie d'organismes plus élevés. Elle peut, bien plus, affecter certains modes
et certaines formes sur telle catégorie de végétaux et d'animaux,
modes et formes incompatibles avec l'existence d'autres végétaux
et d'autres animaux.

Ainsi, dans les brûlantes eaux des mers siluriennes où végé-
taient les premières algues et les premiers zoophytes (*encrines*,
grapholithes), où se montraient les premiers mollusques (*lingules*,
térébratules, *spirifères*) et les premiers crustacés (*trilobites*), les
grands végétaux et les vertébrés, sans doute, n'auraient pu
subsister. Plus tard, lorsque l'*aride* ou le *sec* eut commencé à
émerger au-dessus de l'océan silurien, il se couvrit aussitôt de
mousses géantes, de fougères arborescentes, de lycopodes gigan-
tesques, de champignons de quarante pieds de tour qui se repro-
duisirent et se multiplièrent pendant les périodes dévonienne
et surtout houillère, lesquelles virent aussi les premiers pois-
sons, revêtus de cuirasses écaillées, nager dans les eaux chaudes
des mers de cette époque. Il est absolument probable que des
végétaux d'un ordre plus élevé et les animaux aériens et terrestres n'auraient pu trouver là les conditions de leur existence.
Dans l'épaisse atmosphère d'alors, atmosphère surchargée de
vapeurs et d'acide carbonique, et dont le soleil n'avait encore
pu déchirer les voiles opaques, il n'y avait place que pour des
animaux marins dans le règne animal, et dans le règne végétal, pour ces plantes intermédiaires et primitives qui vivaient,
presque sans lumière, de chaleur extrême et d'extrême humi-
dité.

A l'époque houillère succède l'âge permien, où le Soleil perce
enfin l'atmosphère, que cette gigantesque végétation avait
épurée et clarifiée. Les végétaux ligneux commencent à prendre
naissance dans l'embranchement que les botanistes nomment
dicotylédoné, où le tissu de la tige est disposé en couches régu-
lières et concentriques. Les premiers oiseaux laissent, à la même

_____

(1) Encore cela n'est-il exact que pour le monde présent. Les races éteintes, ani-
males ou végétales, comme nous allons le voir, ont disparu précisément parce que
les conditions nouvelles du sol, de l'atmosphère et du climat cessaient d'être favorables à leur existence.

époque, des traces que la fossilisation du sol nous a conservées.

Sans pousser plus loin cet aperçu des développements successifs de la vie aux origines de notre globe, nous pouvons tirer du sommaire exposé qui précède, une conclusion importante, à savoir que les manifestations de la vie, étant multiples et très-complexes, sont susceptibles de s'approprier, dans leurs divers modes et leurs différents développements, à des conditions très-variées.

La paléontologie terrestre a permis de reconstituer théoriquement, de *restituer*, pour employer le mot consacré, des séries immenses de types végétaux et animaux aujourd'hui disparus, parce que les modifications survenues dans les climats et dans les conditions de l'atmosphère leur rendaient la vie plus difficile ou impossible. Aujourd'hui même, sous le règne de l'homme, autres sont les ours blancs, les phoques, les morses, les pingouins du pôle; autres l'éléphant de Siam, l'autruche du désert, le tigre du Bengale et le lion d'Afrique; autres la saxifruge, le framboisier polaire, et les saules en herbe des soi-disant *boisés* du cercle arctique; autres le bambou des jungles, la fougère en arbre, le palmier et le manguier des forêts tropicales. Et si nous nous élevons jusqu'à l'homme lui-même, quelle différence de tempérament et de mode d'existence entre les diverses races suivant la région du globe qu'elles habitent! entre l'Esquimau, le Lapon, le Yakoute, le Samoyède qui parcourent dans les glaces et les neiges le pourtour du pôle nord, et les nègres de l'Afrique intérieure, de Madagascar ou de l'Australie, qui vivent, nus, sous un ciel de feu aux atteintes duquel succombe si souvent le hardi explorateur européen, entouré de toutes les ressources de l'art et de la civilisation!

De ce domaine des faits si nous nous élevons à celui de la spéculation, nous pouvons dire qu'il n'y a rien d'absurde, rien d'irrationnel à supposer, plus étendue qu'elle n'existe ou n'a existé sur notre globe, la variabilité des conditions de la vie.

Rien ne prouve, il est vrai, que cette variabilité puisse être plus grande; rien ne prouve davantage qu'elle ne le soit pas. Et cela est parfaitement suffisant quand on raisonne sur des hypothèses.

Il peut suffire d'un imperceptible changement dans les matériaux ou la disposition des éléments d'un corps organisé pour qu'il soit apte à vivre et prospérer dans un milieu tout différent.

Ne voyons-nous pas, autour de nous, des plantes et des animaux organisés pour vivre au soleil et au grand air, et d'autres qui ne vivent que sous terre et recherchent l'obscurité? Il en est qui ne peuvent subsister que dans l'eau, ceux-là dans les eaux marines, ceux-ci au fond des ruisseaux, des fleuves et des étangs; les amphibiens, mieux doués, s'accommodent des eaux et de la terre ferme, et l'aigle, qui fait au besoin sa pâture de la taupe aveugle, a l'œil assez puissant pour contempler en face le soleil.

Que de conditions différentes, dans les manifestations de la vie, frappent nos regards tous les jours! Qui oserait affirmer, en présence de cette prodigieuse fécondité des forces et des jeux de la nature, que ces conditions sont les seules et qu'il n'en saurait exister d'autres? Vouloir les limiter à une identité absolue avec ce que nous les voyons être sur notre petit globe, serait une prétention bien hasardeuse, sinon téméraire.

Il ne faudrait pas non plus tomber toutefois dans l'extrême opposé, et imaginer une forme de vie organique de nature à résister à ces températures violentes auxquelles ne résistent pas même les roches les plus réfractaires. On ne saurait imaginer des corps organisés dans des masses de matière à l'état de fusion ignée ou dans des gaz incandescents, sans dépasser toutes les bornes permises à une induction rationnelle qui, si hypothétique soit-elle, doit à tout le moins baser son argumentation sur une analogie suffisante avec les faits observés. Sans doute une conception idéale de la vie en de pareilles conditions n'est point absurde en soi, comme le serait par exemple un aphorisme contraire à quelque axiome de l'ordre mathématique, et l'on peut toujours se retrancher derrière cette considération qu'une telle conception se réaliserait s'il plaisait au Tout-Puissant qu'elle se réalisât. Seulement il est, sientifiquement parlant, infiniment probable que cela ne lui plaît pas et ne lui a pas plu, au moins jusqu'à présent.

IV

On peut donc hardiment concéder à l'opinion actuelle des savants l'impossibilité de concevoir l'habitation des astres encore à l'état nébuleux, ou qui n'ont pas terminé leur âge stellaire ou

2

qui n'en sont qu'au commencement de leur période planétaire et n'ont pas encore atteint un refroidissement suffisant.

Neptune et Uranus, sphères gazeuses pour M. Stanislas Meunier et combinant une lumière à elles propre avec celle qu'elles renvoient après l'avoir reçue du Soleil, ne sauraient assurément être habitées. Jupiter et Saturne, à l'état de liquide incandescent d'après le même auteur, ne nous permettent pas de concevoir en eux aucun organisme vivant. Pour un motif opposé, notre Lune et les cent trente-cinq planètes télescopiques sont aussi des astres déserts : plus encore peut-être que dans le feu, l'esprit se refuse à concevoir la vie sur un sol dur et froid, sans atmosphère, sans fluides d'aucune sorte : le feu, ce n'est du moins pas la mort.

Mais pourquoi, sous prétexte que Vénus et Mercure, étant plus près du Soleil, reçoivent plus de chaleur que nous, voudrait-on que ces planètes rejetassent la vie de leur sein ? Que savons-nous des propriétés de leur atmosphère ? Celle de Vénus, il est vrai, paraît analogue à la nôtre, elle aurait le même pouvoir réfractif, et l'extrême inclinaison de l'axe de rotation sur l'orbite de la planète doit y changer du tout au tout les effets de la succession des saisons et de la différence des climats. Mais la dose de chaleur reçue par Vénus n'étant que double de celle qui nous est départie, on peut aisément concevoir des organismes construits pour une telle température : l'écart *moyen* entre cette température et celle du globe terrestre n'est toujours pas plus grand que celui qui existe entre la température de nos régions polaires et celle du Sénégal. Quant à l'effet de l'inclinaison à 70 degrés de l'axe sur l'orbite, il doit surtout déplacer le lieu des zones tempérées, et s'il amène aux mêmes latitudes de plus grandes variations de température, ces variations même doivent être réduites à des limites restreintes par le fait de la brièveté des saisons, l'année n'étant sur Vénus que de deux cent trente jours. Enfin la prodigieuse élévation des montagnes de cette planète, cinq fois plus hautes que les pics les plus élevés de notre Himalaya, doit produire des phénomènes météorologiques capables d'exercer une influence importante sur l'équilibre de la température générale.

Mercure, lors de son passage sur le disque du Soleil, en 1799, a été observé par les astronomes avec un large anneau nébuleux autour du petit disque noir qu'il dessinait sur le vaste disque solaire. (Un point lumineux remarqué dans l'intérieur du disque de la planète a même permis de conclure, sur elle, à l'existence de volcans.) L'anneau nébuleux, large des deux tiers du rayon même du disque (1), ne pouvait représenter qu'une immense atmosphère nuageuse et capable, par conséquent, de réfracter, d'arrêter même au passage une notable partie des rayons solaires pour n'en laisser arriver à la planète que la quantité qu'elle peut supporter. Une telle épaisseur d'atmosphère doit aussi fournir un palliatif puissant aux écarts de température résultant d'une orbite trop allongée ou d'une forte inclinaison de l'axe sur le plan de l'orbite. Enfin, comme Vénus, Mercure possède des montagnes d'une prodigieuse hauteur relativement à son rayon, puisqu'elles ont une attitude double de celle de nos montagnes les plus élevées, le rayon de Mercure n'étant d'ailleurs que les deux cinquièmes du rayon de la Terre.

On ne peut donc pas dire, d'une manière certaine, que la vie n'est pas possible à la surface de Vénus et de Mercure. On n'en sait rien sans doute; mais, hypothèse pour hypothèse, il semble que celle qui serait favorable à la possibilité de la vie sur ces astres réunit au moins autant de probabilités que l'hypothèse contraire.

Dans l'étude à laquelle nous avons déjà renvoyé le lecteur (2), on voit, par l'examen des deux cartes comparées de la planète Mars et de notre océan Atlantique, comment cette planète paraît arrivée dans son évolution, à une phase plus avancée que la nôtre : elle est plus vieille que la Terre et ses roches ont déjà absorbé une notable partie de ses mers. La vie existe-t-elle encore à sa surface? Si elle n'y existe plus, il est probable qu'elle y a existé. Il se peut aussi qu'elle s'y soit manifestée jadis avec plus de plénitude qu'aujourd'hui, et qu'elle s'y rencontre encore, mais plus rare, plus affaiblie, marchant vers son déclin, comme la planète elle-même (?). Quand la Terre aura *bu* ses eaux dans la même proportion que Mars, on ne sait dans combien de milliers de siècles, il est bien probable que l'humanité aura cessé d'y résider. Mais l'homme n'est pas le seul habitant de la Terre ; il en est même, numériquement et physiologiquement parlant, le moins important et le moins nombreux, si on le compare à tous les êtres, animaux, zoophytes et plantes, qui ont vie dans son

(1) Dessin du disque et de l'anneau nébuleux publié d'après Schrœter par M. Amédée Guillemin dans *Le Ciel*. Paris, Hachette.
(2) Dans le *Contemporain* d'août dernier, ou la brochure mentionnée plus haut (p. 3).

atmosphère, dans ses fleuves et ses mers, *sur* et *dans* son sol. La
Terre ne cessera donc pas nécessairement d'être habitée quand
la déchue génération d'Adam aura cessé de la hanter. Peuplée
en d'innombrables siècles avant la venue de l'homme, elle pourra
l'être encore longtemps après sa disparition.

Mars, si semblable à tant d'égards à la Terre, a-t-il eu une
destinée pareille? L'affirmative semble probable. Que si la teinte
invariablement rouge de ses continents et celle bleu verdâtre
de ses mers « ne sont guère favorables à l'idée d'une vie organique largement développée à sa surface, » comme dit l'éminent
astronome M. Faye, c'est que cette vie organique y serait à son
déclin, prélude du déclin de la planète elle-même.

Nous avons admis la non-habitation actuelle des quatre
grandes planètes, Jupiter, Saturne, Uranus et Neptune. Mais ces
quatre planètes, avec leurs satellites, sont chacune un monde
véritable. Leurs lunes, d'un volume égal ou supérieur à celui de
la nôtre, mais toujours incomparablement plus faible que celui
des planètes génératrices, sont donc plus avancées que celles-ci
dans leur âge. Il se peut que les unes soient des astres déjà morts
ayant cessé de recéler la vie qu'entretenaient jadis les feux de la
planète à sa période stellaire, comme il n'est pas invraisemblable
pareillement que notre Lune, au temps où la Terre était elle
aussi un soleil, ait été vivifiée par elle. Il se peut enfin que certains des satellites des quatre grandes planètes, éclairés et
échauffés à la fois, et par les restes de la chaleur et de la lumière
qui sont propres à leurs foyers générateurs, et par les rayons de
notre lointain soleil, en soient encore au plein développement de
leur période vitale.

Au delà de notre monde solaire, bornerons-nous les chances
de l'action vivifiante des étoiles à un nombre de soleils limité et
restreint?

Pourquoi et comment établir une telle limite?

Quoi! parce que, sous des châssis de verre diversement colo-
rés, quelques plantes de serres soumises à une expérience n'ont
pas développé la même végétation qu'à la lumière naturelle ou
ont péri, il serait légitime de conclure que la vie n'est pas
possible sur des planètes dont le soleil serait vert, rouge ou bleu!
Une telle expérience ne prouve qu'une chose, c'est que les
plantes sur lesquelles on a expérimenté étaient organisées seulement pour vivre à la lumière jaune blanc de notre soleil. Elle

ne prouve point que d'autres organismes, animaux ou végétaux,
ne puissent être disposés de manière à s'harmoniser avec une
lumière solaire d'une couleur différente.

Il ne paraît pas bien démontré que les soleils multiples ne
puissent, au delà de la sphère de leurs orbites réciproques, entretenir, dans leur commun rayon d'attraction, un ou plusieurs
satellites proprement dits, une ou plusieurs planètes. La formation des soleils multiples proviendrait, selon M. Faye, de ce que
la nébuleuse génératrice, animée d'un mouvement trop rapide,
se serait d'abord aplatie démesurément, puis ensuite fractionnée
en deux ou trois masses peu différentes de quantité. Mais pourquoi
les choses, avant la production de ce phénomène, ne se seraient-
elles point passées suivant l'ordre normal? pourquoi plusieurs
anneaux ne se seraient-ils pas successivement détachés de la
masse primitive, avant que celle-ci n'eût accéléré son mouvement
assez pour arriver à une fracture générale du noyau générateur?
On concevrait très-bien un système planétaire évoluant autour
d'un groupe de soleils rapprochés. Et si la quantité de lumière
et de chaleur émise par deux ou trois soleils réunis était estimée
trop forte, nous aurions deux réponses à opposer à cette objection :
une distance plus grande peut rétablir un état suffisamment
normal; la profondeur et l'état plus ou moins brumeux ou nua-
geux de l'atmosphère peuvent atténuer, dans telle proportion
qu'il faudra, les effets d'une lumière et d'une chaleur trop abon-
damment distribuées. Au point de vue de la lumière, il faut
encore tenir compte de cette particularité remarquable, à savoir
que les soleils multiples étant le plus souvent chacun d'une couleur différente, leurs couleurs sont complémentaires entre elles.
Si donc des planètes proprement dites circulent à une distance
suffisante du groupe, elles doivent recevoir un mélange de lumières colorées se rapprochant plus ou moins, quant à leurs
effets d'ensemble, de la lumière blanche.

La température prétendue excessive des régions de l'espace
occupées par les nébuleuses réductibles ne nous arrêterait pas
davantage. « Il ne faut pas oublier, dit excellemment M. Amédée
Guillemin (1), que ces agrégations stellaires sont situées à des
distances si grandes, que les corps dont elles sont formées et qui
nous semblent très-rapprochés les uns des autres, ont entre eux

(1) *Le Ciel*, p. 471.

des intervalles peut-être aussi considérables que la distance du Soleil à l'étoile la plus voisine. »

Faudra-t-il admettre au moins que, là où de premières combinaisons chimiques commencent à se former sur une étoile déjà trop refroidie pour maintenir ses gaz à l'état de dissociation, la vie ne serait plus possible sur les planètes qui se meuvent autour d'elle?—Avant de répondre, et comme plus haut, nous commencerions par demander pourquoi!—Mais « un soleil ne saurait entretenir autour de lui la vie qu'à la condition de n'en posséder lui-même aucune trace (1). »—Fort bien. Est-ce donc une *trace de vie* que quelques réactions chimiques accomplies à une température immédiatement voisine de celle de la *dissociation* des éléments? Parce que cet astre émettra un peu moins de chaleur, les planètes les plus rapprochées de lui n'en recevront-elles nécessairement plus assez?

La variabilité même de certaines étoiles, si cette variabilité ne va pas jusqu'à l'intermittence, si elle ne résulte que d'alternatives de plus ou de moins dans l'émission de la chaleur et de la lumière, ne semble pas un obstacle absolu à l'existence de la vie sur les planètes qu'elles éclairent. Il peut y avoir des organismes disposés pour résister à de telles variations, comme il peut en exister pour une somme très-forte ou très-faible de chaleur et de lumière comparativement à celle qui nous est départie sur la Terre.

Bien moins restreintes qu'elles le semblaient au début peuvent paraître maintenant les possibilités et les vraisemblances de l'existence de la vie sur les planètes et autour des étoiles.

Seuls les soleils morts sont impuissants à envoyer la vie à leurs planètes. Mais, en mourant comme soleil, une étoile ne fait sans doute que se transformer : le soleil éteint est peut-être une terre qui commence, comme la Lune morte et ce sphéroïde brisé en cent ou cent cinquante débris qui circulent sur autant d'orbites entre Mars et Jupiter, représentent l'un et l'autre une terre qui n'est plus.

_____

(1) M Faye, *loc. cit.*

TROISIÈME PARTIE

Les mondes présents, — passés, — à venir.

V

Lorsque, quittant la plaine, on pénètre dans un massif de vieilles futaies, les chênes puissants ou les sapins élancés qui le composent paraissent d'abord assez distants les uns des autres. Si le massif est arrivé à un âge qui le rapproche du terme de son exploitation définitive, ils sont distants en effet, une suite d'éclaircies les ayant successivement et à dessein espacés et isolés les uns des autres. Toutefois si le regard s'étend plus loin qu'à son proche voisinage, les arbres semblent se rapprocher; plus loin encore on dirait qu'ils enchevêtrent leurs cimes; enfin, au dernier plan, l'horizon se trouve fermé par une ligne non interrompue de tiges arborescentes. Ils ne sont pourtant pas plus rapprochés les uns des autres là-bas que sur la lisière. Mais, à mesure que nous marchons plus avant dans l'intérieur du vieux massif forestier, les arbres qui semblaient se toucher s'éloignent; ce sont ceux que nous avons vus les premiers qui, au contraire, se rapprochent. Pure illusion d'optique, simple effet de perspective : les arbres ne se sont ni éloignés ni rapprochés les uns des autres ; la place occupée relativement à eux par nos yeux produit seule cette erreur de nos sens.

La nuit tombe. Nous quittons la forêt pour regagner la plaine. Et voilà que sur nos têtes mille feux scintillent au firmament. Les plus brillants sont plus ou moins distancés et affectent souvent, par leurs positions respectives, des groupements bizarres. Par derrière eux et au sommet du firmament s'aperçoit cette traînée blanchâtre que les anciens, dans leurs poétiques fictions, considéraient comme un fleuve de lait échappé à la mamelle divine de la reine des dieux.

Si nous étendons la portée de nos regards en armant notre œil de puissantes lunettes, cette traînée blanchâtre se résoudra pour nous en une infinité d'étoiles étonnamment rapprochées. Ces astres sont-ils donc plus voisins, plus pressés les uns contre les autres, que ceux, plus brillants ou plus volumineux en appa- rence, que nous découvrons avec le seul secours de nos yeux? Non. Mais ils sont plus éloignés. Le même effet d'optique se pro- duit, de nuit, pour l'ensemble des étoiles, que, de jour, pour les arbres de la forêt.

Mais alors pourquoi la voie lactée ne s'étend-elle pas sur la surface entière de la sphère céleste et ne forme-t-elle qu'une zone circulaire? Arrivés au centre de notre massif forestier de tout à l'heure, c'était de toutes parts et de quelque côté que nos regards fussent dirigés, que les arbres éloignés semblaient se toucher et former une enceinte continue.

C'est que la nébuleuse, disons mieux, l'amas stellaire auquel, par notre soleil, nous appartenons, n'a pas la forme sphérique. Il affecte une forme qui se rapproche de celle d'un verre de loupe, d'un balancier de pendule, d'une *lentille* en un mot, et notre système solaire occupe une région voisine du centre de cet ellipsoïde, de cette lentille suprà-gigantesque. La traînée blan- châtre, que nous appelons plus spécialement *voie lactée*, nous représente la lentille stellaire vue dans le sens de son immense profondeur, c'est-à-dire de son plus grand diamètre; les autres étoiles, dans le sens de sa relativement faible épaisseur (1).

L'espace occupé par cet amas stellaire est tellement énorme que la lumière émise par les étoiles les plus éloignées dans la profondeur équatoriale, celles qui forment comme le bord de la lentille, (autrement dit par les astres les plus lointains de la voie lactée), met sept à huit mille ans à nous parvenir. Or la lumière parcourt 77,000 lieues par seconde, soit 4 millions 620 mille lieues par minute. Comme nous sommes vers le centre de la len- tille, dans le voisinage par conséquent du milieu du grand diamètre, il en résulte que la longueur de celui-ci est représentée par un trajet de lumière d'une durée de quinze mille ans (2).

A l'œil nu, on ne peut guère compter que six mille étoiles pour l'un et l'autre hémisphère; mais à l'aide du télescope on cons- tate que la nébuleuse à laquelle nous appartenons ne compte pas moins de 20 millions d'étoiles, parmi lesquelles notre soleil n'est qu'une simple unité de cinquième ou sixième ordre (3).

(1) L'axe des pôles de l'ellipsoïde n'est que le sixième environ du grand diamètre qui en mesure le cercle équatorial, c'est-à-dire la profondeur. (J. Rambosson, *loc. cit.*).
(2) C. Flammarion. *Les Merveilles célestes.* Paris, Hachette.
(3) J. Rambosson, *loc. cit.*

En dehors de la voie lactée cinq mille nébuleuses et amas d'étoiles ont été catalogués jusqu'ici. Plusieurs de ces derniers sont égaux en dimensions au nôtre. Le temps que leur lumière met à nous parvenir n'est pas inférieur à *soixante millions d'années.* « Et rien cependant, si ce n'est l'insuffisance de nos télescopes, rien qui doive nous faire présumer que l'univers créé s'arrête là ! Mille motifs des plus puissants, au contraire, donnent à penser que, transportés dans ces régions lointaines, nous verrions les bornes du firmament reculer encore; que des astres inconnus nous apparaîtraient vers un nouvel infini (1). »

« Que la pensée. s'écrie éloquemment M. Flammarion dans l'une de ses meilleures pages, que la pensée essaye, s'il lui est possible, de se représenter à la fois ce nombre considérable de systèmes et les distances qui les séparent les uns des autres! Confondue et bientôt anéantie à l'aspect de cette richesse infinie, elle ne saura qu'admirer en silence cette indescriptible merveille. S'élevant sans cesse par delà les cieux, franchissant les plages lointaines de cet océan sans bornes, toujours elle découvrira de nouveaux espaces, toujours de nouveaux mondes se révéleront à son avidité... les cieux succéderont aux cieux, les sphères aux sphères... Après les déserts de l'étendue s'ouvriront d'autres déserts; après des immensités, d'autres immensités... et lors même que, emportée sans trêve pendant des siècles avec la rapidité de la pensée, l'âme perpétuerait son essor au delà des bornes les plus inaccessibles que l'imagination puisse concevoir, là même l'infini d'une étendue inexplorée resterait encore ouvert devant elle... l'infini de l'espace s'opposerait à l'infini du temps, rivalisant sans cesse, sans que jamais l'un puisse l'emporter sur l'autre... et l'esprit s'arrêterait exténué de fatigue au vestibule de la création infinie, comme s'il n'avait pas avancé d'un seul pas dans l'espace (2). »

(1) M. Petit, *Traité d'Astronomie,* cité par M. Rambosson dans son *Histoire des Astres,* p. 315.

(2) C. Flammarion, *Les Merveilles célestes.*
Il y a plus d'exactitude et non moins de magnificence de langage dans les lignes suivantes : « ... Savez-vous à quelle distance est, dans l'Océan du monde, la goutte d'eau la plus proche de notre goutte d'eau, c'est-à-dire de l'étoile voisine de notre système? Ne tourmentez pas votre imagination, la réalité est plus poignante que vos rêves. Huit mille milliards de lieues nous séparent de l'étoile la plus rapprochée de nous. Enfoncez-vous dans les profondeurs du firmament, laissez passer quatre mondes au delà de l'étoile polaire, voici un astre qui marque cent soixante-dix milliards de lieues. Plus loin les chiffres s'épuisent, l'imagination s'égare, et la

C'est peut-être aller un peu loin : ici l'imagination du poète entraîne le savant hors de la région des faits observés et bien avant dans celle des conjectures. Mais ces conjectures sont, il faut le reconnaître, parfaitement plausibles, surtout si l'on a soin de n'accorder aux mots *infini, infinité,* qu'une valeur relative et contingente, non cette valeur métaphysique et absolue qui ne saurait s'entendre que de l'infinité de Dieu lui-même.

Pour en revenir au *petit* et *modeste* univers auquel nous appartenons, à la *voie lactée,* cet amas d'étoiles dont le diamètre n'est pas représenté par moins de quinze mille ans de trajet de lumière, à 77,000 lieues par seconde, — il n'occupe, en réalité, qu'un coin infime dans l'ensemble de la création !

Or toutes ces étoiles, tous ces soleils, dont se composent tant d'univers, ne sont pas *fixes* comme on l'avait cru jusqu'au siècle dernier. Le mouvement paraît être la loi générale de l'équilibre et de la stabilité des mondes, et déjà l'on a pu déterminer et calculer les mouvements propres de plus de six mille de ces innombrables soleils : le nôtre, et avec lui conséquemment tout son système planétaire, se dirige, avec une vitesse supérieure à 300,000 lieues par jour (111 millions par an), vers les étoiles Gamma et Delta de la constellation d'*Hercule.*

Ainsi les grains de cette poussière d'étoiles mues avec une vitesse qui laisse bien loin derrière elle celle de nos engins de guerre les plus perfectionnés, parcourent l'espace sans jamais se rencontrer ! Quelles armées humaines exécutèrent jamais si savantes manœuvres? Et telles sont les immensurables distances qui nous séparent de ces astres sans nombre, que, en dépit de cette vertigineuse vitesse, ils semblent immobiles. Pour pouvoir surprendre un léger (1) déplacement de l'un quelconque d'entre eux, il faut recourir aux instruments les plus perfectionnés,

science compte toujours : cent ans, mille ans, dix mille ans, mille siècles, dix mille siècles. Qu'est-ce à dire, pourquoi des années et des siècles ? — Parce que les lieues ne peuvent plus s'écrire. Il y a des étoiles tellement éloignées de nous qu'un agile courrier ne peut parcourir la distance qui les sépare de notre terre qu'en employant cent ans, mille ans, dix mille ans, mille siècles, dix mille siècles d'une course effrénée, oui, d'une course effrénée, car ce courrier c'est la lumière, la lumière qui dévore soixante-dix-sept mille lieues en une seconde. » (R. P. Monsabré, *Conférence de N.-D. de Paris.* Carême 1875. XIVᵉ Conférence : L'*Harmonie du monde.*

(1) *Léger* en apparence : le plus infime mouvement apparent que les instruments d'optique les plus puissants permettent d'apprécier correspond évidemment à des distances considérables.

« lant leur prodigieux éloignement, dit M. Rambosson, rapetisse à nos yeux les espaces parcourus ! »

Nous avons parlé des étoiles multiples et émis l'opinion que chaque système de soleils doubles, triples ou quadruples pouvait, sans invraisemblance absolue, constituer un centre planétaire. Il y a plus. Dans chacun de ces systèmes, l'une des étoiles composantes joue le rôle de soleil principal, autour duquel les autres soleils décrivent des orbites elliptiques et remplissent en quelque sorte les fonctions de planètes. « Ces planètes, dit le P. Secchi, ne diffèrent des nôtres qu'en un seul point : elles sont encore incandescentes et par conséquent lumineuses par elles-mêmes; elles nous éclairent par une lumière qui leur est propre, et non par une lumière empruntée venant se réfléchir à leur surface. C'est cette circonstance qui nous permet de les distinguer à une aussi grande distance, d'observer les positions qu'elles occupent successivement, et de calculer les orbites qu'elles décrivent (1). »

Sirius est la plus belle et la plus brillante des étoiles que le regard de l'homme contemple dans la splendeur des cieux. Dès longtemps on lui supposait des satellites, et l'on a pu constater la présence de l'un d'entre eux, lequel en est encore à sa période solaire et n'est pas inférieur à une étoile de sixième grandeur. A l'œil nu, ou avec des instruments de médiocre puissance, cette étoile disparaît sous l'éblouissante lumière de son étoile principale. Certaines variations d'éclat d'une nature spéciale, en certaines étoiles, — notamment sur l'étoile β de la constellation de Persée, appelée aussi Algol — ont amené les astronomes à la constatation, par des faits matériels, de l'existence de satellites obscurs circulant autour d'elles.

Ce ne sont donc pas seulement des millions et des millions de soleils qui peuplent notre voie lactée ainsi que des milliers.

---

(1) Le P. Secchi, *Le Soleil*, première édition, p. 404, cité par M. Rambosson.

La présente étude était terminée lorsque nous avons connu la publication d'une deuxième édition de cet ouvrage de l'illustre astronome italien. Entièrement refondu, enrichi des résultats des plus récentes découvertes, c'est à vrai dire un ouvrage nouveau. Il en sera rendu soigneusement compte ; mais dès aujourd'hui nous pouvons dire que, tout en écrivant un ouvrage original et de première main, le savant jésuite a fait en sorte qu'il fût également accessible aux gens du monde et intéressant pour eux. (Paris, Gauthier-Villars, éditeur.)

Alex. de Humbolt évaluait, en 1851, le nombre des étoiles *doubles* dans les deux hémisphères à 6,000. Mais, sur ce nombre, il n'en compte que $1/9^{me}$ qui soient *physiquement* doubles, c'est-à-dire formant réellement des couples. Les autres ne sont doubles qu'en apparence et par un effet d'optique résultant de leurs positions respectives dans l'espace. (*Cosmos*, t. III, p. 249.)

d'autres amas stellaires. Ce sont aussi les satellites plus ou moins
nombreux de chacun de ces soleils sans nombre et, suivant toutes
les probabilités et toutes les analogies, les satellites de plusieurs
de ces satellites eux-mêmes.

Il n'est point malaisé, maintenant, de se figurer quelle infinie va-
riété doit régner, règne nécessairement pour mieux dire, dans les
degrés de développement, dans les âges, de ces innombrables
mondes, lunes, planètes et soleils. Ici des nébuleuses cosmiques,
vastes laboratoires d'incubation pour des univers à éclore ; là
des nébuleuses résolubles ou amas stellaires; ailleurs des nébuleuses mixtes où, parmi la matière cosmique vivifiée, de nombreux
centres de condensation ont rassemblé leurs feux en autant de
systèmes solaires (1). Quant aux soleils, ils sont de tous les âges,
depuis le soleil naissant, amas lenticulaire ou sphérique de
vapeurs insuffisamment brillantes encore, jusqu'à l'étoile en
déclin où depuis longtemps les combinaisons chimiques réagis-
sent à la surface, préparant la liquéfaction que suivra la solidifi-
cation superficielle : entre ces deux termes extrêmes de l'existence
sidérale, tous les intermédiaires possibles répétés à un nombre
d'exemplaires incalculable. Autour de ces soleils de tous âges,
leurs cortéges d'anciens soleils, planètes devenus. Là aussi se
rencontrent, chacun indéfiniment répété, tous les âges de la
période planétaire : sphères incandescentes et visqueuses, où les
premiers glaçons de feu tendent à se rapprocher et à se souder
pour former, sur l'océan igné, des îles et des continents de granit;
— globes déjà revêtus d'une écorce solide cachée dans les ténèbres d'une atmosphère opaque où la vapeur d'eau ne se dis-
tingue pas encore des vapeurs métalliques et saxatiles ; — sphé-
roïdes où, les eaux s'étant séparées d'avec les eaux et où l'*aride*
commençant à émerger au-dessus du niveau des mers, la vie
apparaît pour la première fois sous forme d'animaux aquatiques
et de plantes marines ; — planètes enfin à toutes les périodes de
développement analogues à celles que nous avons nommées, chez
nous, azoïque, de transition, secondaire, tertiaire, quater-
naire, avec toutes les effluves de vie correspondant à chacune
de ces périodes; — terres aussi, de l'âge et de la condition de la

_____

(1) La Voie lactée serait une de ces nébuleuses mixtes, car, entre les étoiles
qu'elle compte par millions, les astronomes ont reconnu l'existence de matière cosmique diffuse. Le phénomène de la lumière zodiacale ne proviendrait-il pas d'un
sphéroïde lenticulaire de cette matière enveloppant le Soleil suivant un rayon long
de plusieurs fois la distance de cet astre à la Terre !

nôtre, avec le plein épanouissement de la vie végétale et animale, astres où peuvent, si cela entre dans les impénétrables desseins de la souveraine Sagesse, régner et dominer, d'un empire plus ou moins souverain, des êtres doués de raison et comme nous créés à l'image de Dieu.

Là ne s'arrête point le cycle des merveilles de la création sidérale.

Il peut y avoir, il doit y avoir aussi des astres plus parfaits encore, des planètes bénies où nul excès de froid ou de chaleur, nulle inclémence dans les saisons, nulle intempérie, ne troublent, même dans les plus modestes détails, la sereine harmonie des lois qui vivifient leur sol, leurs ondes, leur atmosphère. Que n'eût pas été notre Terre, aujourd'hui lieu d'exil et vallée de larmes, si l'homme, en se révoltant à l'origine contre son Créateur, n'eût mis par là même toute la nature en état de révolte contre lui-même ?

Il y a encore dans les espaces, où ils continuent à y décrire leurs orbes infinies, les planètes et les satellites vieillissants, vieillis, cadavériques. La vie se retire probablement peu à peu des astres qui redescendent des sommets de l'âge mûr, comme elle s'était, à l'inverse, développée par des créations progressives pendant leur enfance vigoureuse et leur féconde jeunesse. Elle finit sans doute par disparaître tout à fait, quand l'astre ne retient plus autour de lui assez d'atmosphère et assez d'eau pour alimenter ses organismes. Son rôle n'est pas, pour cela, terminé. Il éclaire alors d'une lumière empruntée les nuits de l'ex-soleil qui l'éclairait lui-même, l'échauffait et le vivifiait jadis.

Car ce n'est pas seulement dans les espaces et dans le présent qu'il faut considérer la probabilité de la vie dans les myriades de mondes qui peuplent la création.

C'est aussi dans la durée ;

Dans une durée dont les lointains commencements ne peuvent trouver de point de comparaison qu'avec l'éternité même de Dieu, qui seule les contient et les domine, et dont le terme ne saurait pas plus se concevoir que ses origines se comprendre. Sur tous les points de l'espace des mondes meurent, des mondes naissent, des mondes se développent. Ceux qui meurent ou se développent, naquirent, jadis, dans les effrayantes profondeurs d'un passé presque infini ; ceux qui naissent, se développeront et finiront par mourir dans un avenir non moins immensurable,

durant lequel d'autres naîtront sans doute et se développeront à
leur tour, tant est inépuisable la fécondité divine de la Parole
créatrice émise *in principio*, à l'origine des temps.

Parmi les diverses phases de développement par lesquelles
passe chacun de ces astres : état nébuleux, état stellaire, état
planétaire à ses innombrables étapes progressives, — il est, selon
les plus frappantes analogies et les probabilités les plus con-
cluantes, une *phase vitale*, où la vie se développe par une échelle
ascendante de plus en plus perfectionnée, pouvant aboutir à son
degré de perfection complète représentée par un organisme
ayant reçu, avec la vie, le don de la raison.

Que maintenant l'on accumule, si l'on veut, objections sur
objections contre les probabilités de la vie *actuelle* sur telle ou
telle planète, ou dans tel ou tel groupe stellaire; et même que,
procédant par élimination, on en arrive à n'accorder contre
toutes apparences, quelques chances à la vie que sur une seule
planète par système solaire; que l'on en exclue encore, si l'on y
tient, les systèmes à soleil rouge, bleu, vert, violet, ainsi que les
groupes de planètes qui auraient pour centre une étoile double,
triple ou sextuple comme Thêta d'Orion; qu'importe?

Est-ce que, toutes ces suppressions faites, il ne resterait pas
une infinité de soleils éclairant chacun au moins une planète
habitable? Est-ce que le temps a pu, peut ou pourra manquer à
Dieu pour laisser s'accomplir, en chacun des astres grands ou
petits qu'il lui a plu de créer, toutes les phases de son existence
depuis son origine jusqu'à la fin, la phase vitale comprise?

Peu importe que tel astre ne soit plus ou ne soit pas encore
habitable, s'il le fut hier ou s'il doit l'être demain. Hier, aujour-
d'hui, demain, représentent ici des milliers et peut-être des
milliards d'années; qu'importe encore? Marchanderons-nous les
siècles à Celui qui les a créés? Il se glorifie de vivre et de régner
dans les siècles des siècles.

Qu'est-ce d'ailleurs que ces infinis développements de la vie
en cette infinité de mondes co-existants dans les infinités de
l'espace, se succédant dans les infinités de la durée, si ce n'est,
au point de vue du moins de l'ordre matériel, le *règne* de Dieu
dans tous les lieux et dans tous les temps?

Mais si la vie organique, la vie matérielle a pu recevoir de son
Auteur de si magnifiques développements, l'esprit se refuse
à croire que cette vie organique soit tout entière, notre seul

petit globe excepté, renfermée dans les règnes végétal et animal; qu'elle n'ait pas reçu ailleurs, comme sur la terre d'Adam, ce couronnement d'une raison substantielle qui conçoit Dieu, le connaît et l'adore. Réduisons aux plus faibles proportions le nombre des astres auxquels ce couronnement suprême de la vie organique peut être accordé, de même que l'on peut réduire à un instant éphémère le temps du passage de la vie humaine en ce monde adamique relativement à sa durée antérieure, le nombre des grains de la poussière sidérale autour desquels la gloire du Très-Haut sera connue et admirée n'en sera pas moins immense encore, presque infini.

Sans doute, Dieu ne nous a rien révélé sur ces catégories d'êtres possibles entre les hommes et les anges. Il n'a rien dit non plus pouvant, en quoi que ce soit, infirmer les probabilités que la raison humaine aime à découvrir en faveur de leur existence. Or, comme la gloire du Créateur est d'autant plus grande que plus nombreuses sont les créatures capables de le connaître, de l'aimer et de l'adorer; n'est-il pas raisonnable, n'est-il pas conforme à ce que nous pouvons savoir et comprendre de la souveraine Sagesse, que de toutes ces myriades de mondes qui remplissent les espaces infinis s'élèvent des concerts d'amour à sa louange? ne serait-ce pas là le sens mystique et caché de cette parole sublime du Roi-Prophète :

Cœli enarrant gloriam Dei?

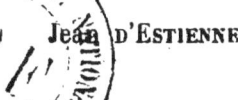

Jean D'ESTIENNE.